おしいれ電車

Oshiire Densya

最上一平 作
クボ桂汰 絵

おしごとのおはなし 電車の運転士

講談社

一路《いちろ》とまつりはふたごだが、まったくにていなかった。
男《おとこ》の子《こ》と女《おんな》の子《こ》だし、顔《かお》もぜんぜんにていない。性格《せいかく》もまるで逆《ぎゃく》。一路《いちろ》はおとなしく、小《ちい》さいときは泣《な》いてばかりいた。
それにくらべ、まつりは口《くち》がたっしゃで、外《そと》で遊《あそ》びまわり、いつも体《からだ》のどこかここかにきずをつくっていた。三年生《ねんせい》になった今《いま》、ふたりの性格《せいかく》のちがいがめだってきたようだ。

一路《いちろ》は自分《じぶん》の部屋《へや》で、ラップのしんを二本《ほん》持《も》って、なにやら考《かんが》えていた。長《なが》いものと短《みじか》いものがある。自分《じぶん》の部屋《へや》といっても、まつりと共同《きょうどう》で、二段《だん》ベッドと机《つくえ》がふたつおいてある。その間《あいだ》で、一路《いちろ》は長《なが》いほうのしんの切《き》り口《くち》を、半円形《はんえんけい》にナイフで切《き》りはじめた。ラップのしんはかたく、まるく切《き》るのはむずかしい。時間《じかん》がかかった。でも、一路《いちろ》はこのようなこまごましたことがすきだった。

だいたい半円形《はんえんけい》にへこませることができると、短《みじか》いほうのしんの中央《ちゅうおう》を、へこみにおしあてた。Tの字《ティーじ》になる。へこみにうまく入《はい》るように、なんども調整《ちょうせい》した。

ぴったりとはいかないが、まあいいだろう。一路《いちろ》はT字《ティーじ》に合《あ》わせたところを、赤《あか》いビニールテープでぐるぐるまきにして固定《こてい》した。

一路《いちろ》はくっつけたところがぐらぐらしないか、T《ティー》が直角《ちょっかく》になっているか、目《め》の高《たか》さに持《も》っていって、片目《かため》をつぶって点検《てんけん》したりした。なかなかのできばえだった。テープもきれいにまけてるし、ぎゅっとにぎると、手《て》にぴったりとした。

そのとき、家《いえ》のチャイムが鳴《な》った。続《つづ》けざまに三回《かい》。そして、ドアをドンドンたたく音《おと》がした。

「一路《いちろ》、あけなさい。
いるんでしょ。あけなさい。」
まつりの声《こえ》だ。
しかたなく、一路《いちろ》は、
玄関《げんかん》のカギをあけた。
「なんでいつも、
カギあけさせるんだよ。
合《あ》いカギ持《も》ってるだろ。
めいわくだよ。」
まつりは、らんぼうに
スニーカーをぬぎちらかした。

「エーッ。なにがめいわくしているのはこっちなんだからね。変《か》わりもんのカタワレっていわれているんだから。しゃべらない。遊《あそ》ばない。息《いき》してない。ぜんぶ一路《いちろ》のことなんだからね。あんた、学校《がっこう》では変《か》わりもんなんだよ。家《いえ》でも変《か》わりもんだけど。」

と、まつりは、目《め》がまわるぐらい、べらべらしゃべりまくった。

まつりは、部屋《へや》に入《はい》ると、ランドセルを机《つくえ》の上《うえ》にほうり投《な》げた。

そして、足元《あしもと》に落《お》ちていた赤《あか》いT字形《ティーじがた》のものを、きたないものでもさわるように、つまんで持《も》ち上《あ》げた。

「なにこれ？」

「それ、ぼくの。」

「そんなのあたりまえでしょ。わたしのものじゃないんだから。なんなのこれ。ゴミ？」

「今《いま》、つくったばっかし。マスコンハンドル。」

「なにそれ。」

一路《いちろ》はまつりからT字《ティーじ》をとりかえし、ここぞとばかり、知《し》らないの、バカね！　という光線《こうせん》を思《おも》いきり目《め》からだしだした。

口《くち》も、にやっとわらったかもしれない。

「マスコンハンドル。りゃくしてマスコン。電車《でんしゃ》のハンドルだよ。」

「ゲェッ、これがあ？　電車《でんしゃ》の？」

一路《いちろ》はちょっと胸《むね》をはって、T字《ティーじ》の横棒《よこぼう》を左手《ひだりて》でにぎってみせた。

「ガタトン、ガタトン。」

窓《まど》のほうを向《む》いて、ちょっと前《まえ》におしだすようなしぐさをする。

「ダサッ！」

まつりは、ばっさり切《き》るようにいった。けれど、それ以上《いじょう》はいわなかった。

あけはなたれた窓《まど》からは、秋《あき》の風《かぜ》が入《はい》りこんで、白《しろ》いカーテンをゆらしていた。

一路《いちろ》は小《ちい》さなダンボールをひっくりかえして、底《そこ》にラップのしんが通《とお》るあなをあけた。T字形《ティーじがた》のマスコンハンドルをさす。ダンボールは電車《でんしゃ》の運転台《うんてんだい》だった。

それを一路《いちろ》はおしいれに持《も》ちこんだ。おしいれは、まん中《なか》にしきりがあって、上《うえ》と下《した》にわかれている。一路《いちろ》は上《うえ》の段《だん》にあるものをみんな下《した》の段《だん》に移動《いどう》させて、上《うえ》の段《だん》をせんりょうした。一路《いちろ》だけの特別《とくべつ》な場所《ばしょ》だった。まつりにも一度《いちど》も入《はい》らせたことはなかった。ここは自分《じぶん》だけの基地《きち》だった。

おしいれの中《なか》には、勉強机《べんきょうづくえ》についていたアーム形《がた》の電気《でんき》スタンドがとりつけてある。小《ちい》さなおりたたみのテーブルがひとつ。

一路のシークレットステーション
TGV PSE

まわりのかべと、天井《てんじょう》には、いろんな雑誌《ざっし》から切《き》りとった風景《ふうけい》や、電車《でんしゃ》やＳＬ列車《エスエルれっしゃ》のグラビアが、すきまなくはりつけてある。

おりたたみ式《しき》のテーブルの上《うえ》に、ダンボールでつくった運転台《うんてんだい》をおいた。急《いそ》いでおしいれのふすまをしめ、スタンドのスイッチをおした。おしいれの中《なか》にあざやかな青《あお》い光線《こうせん》がふりそそいだ。電球《でんきゅう》のはまっているカサに青《あお》いセロハンをかぶせてあるからだ。一瞬《いっしゅん》にして、おしいれはおしいれではなくなり、ちがった空間《くうかん》になった。まわりにはってあるいろんな風景《ふうけい》までが、新《あたら》しい光《ひかり》と風《かぜ》をおくりこまれて、みりょくいっぱいの土地《とち》に見《み》えてきた。

そのほかにおしいれにあるのは、
電車《でんしゃ》の形《かたち》をしたクッションと、
『日本鉄道百景《にほんてつどうひゃっけい》』『鉄道《てつどう》の四季《しき》』
『鉄道《てつどう》の旅《たび》』という三冊《さつ》の写真集《しゃしんしゅう》。
雑誌《ざっし》とマンガ。
集《あつ》めた電車《でんしゃ》のミニチュア、それから
テーブルの上《うえ》には時刻表《じこくひょう》がある。
　クッションに体《からだ》を投《な》げだして、
鉄道《てつどう》の写真集《しゃしんしゅう》を見《み》るのは
いい気持《きも》ちだ。それから、
時刻表《じこくひょう》を見《み》るのも一路《いちろ》はすきだった。

時刻表《じこくひょう》には、最初《さいしょ》に「さくいん地図《ちず》」というのがある。変形《へんけい》した日本地図《にほんちず》が、南《みなみ》のほうから数《すう》ページにわたってのっていて、各地《かくち》の路線《ろせん》がひと目《め》でわかるようになっている。たとえば、九州《きゅうしゅう》の最南端《さいなんたん》を走《はし》っているのは、指宿枕崎線《いぶすきまくらざきせん》だ。鹿児島中央《かごしまちゅうおう》から枕崎《まくらざき》までの八七・八キロの区間《くかん》を二時間半《じかんはん》くらいかけて走《はし》っている。三十六の駅《えき》。

それを一路《いちろ》は虫《むし》めがねで見《み》る。枕崎《まくらざき》、薩摩板敷《さつまいたしき》、白沢《しらさわ》、薩摩塩屋《さつましおや》、松ケ浦《まつがうら》……。虫《むし》めがねで地名《ちめい》を見《み》ると、なんとなく特別《とくべつ》になり、地名《ちめい》が頭《あたま》の中《なか》でよくひびく。行《い》ったことも見《み》たこともないところだけれど、駅《えき》があって、列車《れっしゃ》がとまり、人《ひと》の乗《の》り降《お》りがある感《かん》じが思《おも》いうかんでくる。

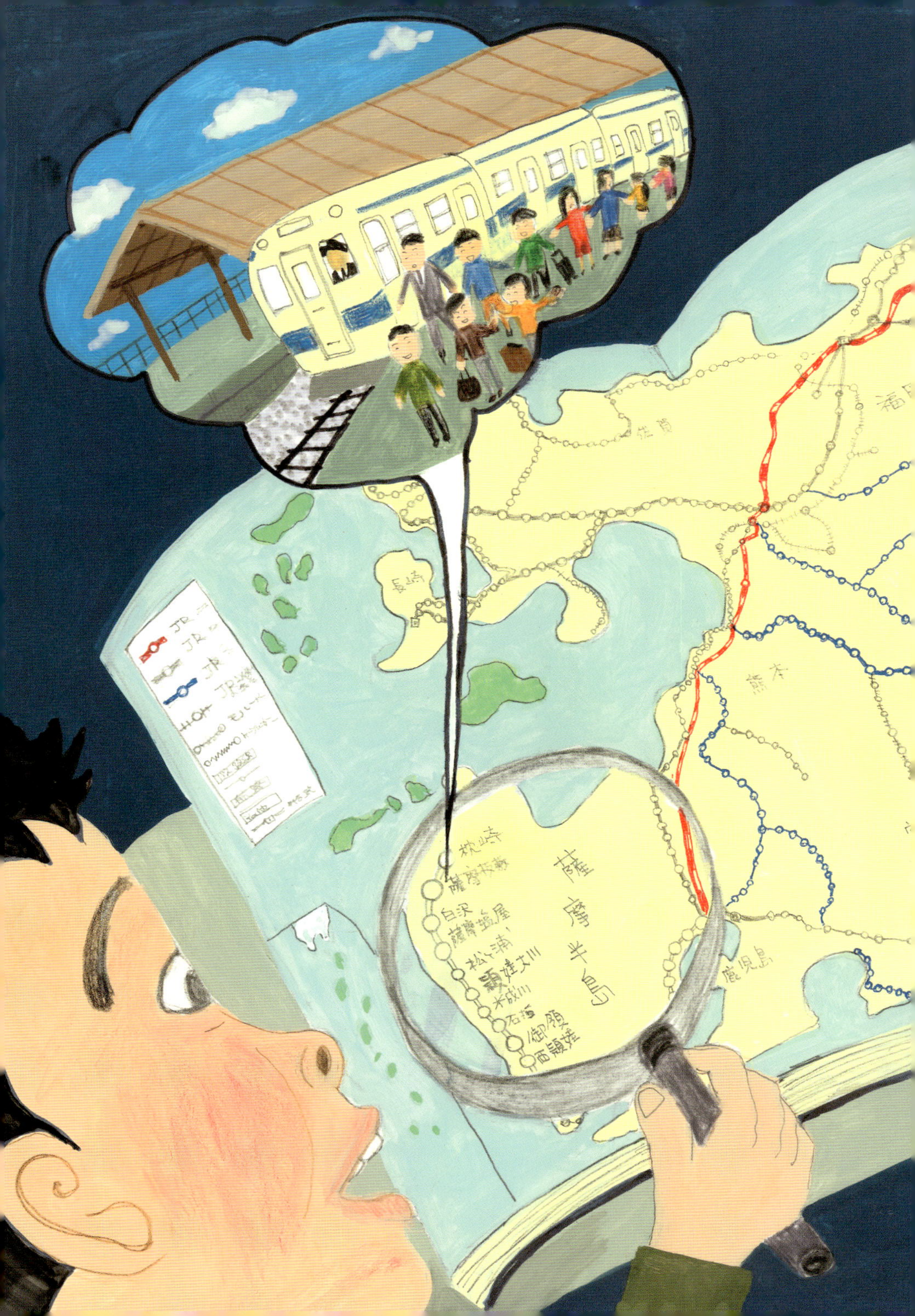

長崎
熊本
鹿児島
枕崎
薩摩板敷
白沢
薩摩塩屋
松ヶ浦
頴娃大川
頴娃
水成川
石垣
御領
西頴娃
薩摩半島

テーブルの上《うえ》にある、赤《あか》いマスコンハンドルをにぎったときだった。まつりが、ふすまをそろりと半分《はんぶん》ぐらいあけた。

「一路《いちろ》、なにやってんの？　わたしも入《い》れて。」

「ダメッ！」

一路《いちろ》はパッととびおきて、
急《いそ》いでふすまをしめた。

両手《りょうて》でおさえる。

「いいじゃん、入《い》れてくれたって。入《い》れてよ。ウー。」

まつりは、ふすまをあけようとして、力《ちから》を入《い》れてきた。

「なんで？　このおしいれ、わたしだって使《つか》っていいんだからね。一路《いちろ》だけのものじゃないよ。ウーッ。」

「ダメ！　ぼく専用《せんよう》。」

「ひとりでこんなところにとじこもっているから、変人《へんじん》になるんだよ。暗《くら》くて、キモイなんていわれるんだよ。わたしも入《い》れろ。変人《へんじん》。」

まつりは、あけることができずに、ふすまをバンバンたたいた。あながあきそうだった。

「あったまきちゃう。青《あお》い電気《でんき》なんかつけちゃって。変人《へんじん》。ヘンタイ。ネクラ。出《で》てこい！」

あきらめたのか、やっとしずかになった。

一路《いちろ》はホッとして、ダンボールにさしこんだマスコンハンドルを、左手《ひだりて》でにぎった。

正面《しょうめん》を見《み》る。そこには田園風景《でんえんふうけい》のポスターがはってあった。まん中《なか》に二本《ほん》のレールがまっすぐのび、ずっと向《む》こうにある山《やま》なみまで続《つづ》いているかに見《み》える。秋《あき》の風景《ふうけい》で、一面《いちめん》に稲《いね》が黄金色《こがねいろ》にかがやいている。ライトの青《あお》い色《いろ》にてらされると、田園《でんえん》をわたるザワザワした風《かぜ》も、遠《とお》くにうかんだ雲《くも》も動《うご》きだし、稲《いね》のにおいなのか、土《つち》のにおいなのか、においまでしてくるようだった。

「出発進行《しゅっぱつしんこう》！」

マスコンをゆっくりとそうさすると、電車《でんしゃ》はゆっくりと動《うご》きだし、じょじょにスピードをあげていった。一路《いちろ》は田園《でんえん》の中《なか》にすべりだした。ゴトトン、ゴトトンと、リズミカルで心《ここ》地《ち》よいひびきが聞《き》こえてきた。

一路《いちろ》はお父《とう》さんのことを思《おも》いだしていた。

あの日《ひ》のことがきょうれつによみがえってくる。四月《がつ》に入《はい》った最初《さいしょ》の日《ひ》。もう半年《はんとし》ぐらい前《まえ》のことだ。

お父《とう》さんは電車《でんしゃ》の運転士《うんてんし》をしているが、その日《ひ》は午後《ごご》からの出勤《しゅっきん》で、泊《と》まりの日《ひ》だった。お父《とう》さんが出勤《しゅっきん》すると、お母《かあ》さんがふたりをさそった。

「あのさ、こんぴら山公園《やまこうえん》の桜《さくら》、満開《まんかい》になったかなあ。ひさしぶりに見《み》にいかない？」

こんぴら山公園《やまこうえん》というのは、近《ちか》くの公園《こうえん》で、一路《いちろ》とまつりが小《ちい》さいとき、よく遊《あそ》んだところだった。山《やま》といっても、小《ちい》さなでっぱりをこんぴら山《やま》とよんでいるのだった。大《おお》きな桜《さくら》の木《き》が一本《ぽん》だけあって、その近《ちか》くに木《き》のテーブルとベンチがある。小《ちい》さいときは、そこでよくおにぎりを食《た》べたのだった。小学生《しょうがくせい》になってからは、ほとんど行《い》かなくなった公園《こうえん》だった。

「行《い》こう行《い》こう。

桜《さくら》、さいていると思《おも》うよ。

どこに行《い》っても満開《まんかい》だもん。」

と、まつりははしゃいで、

お母《かあ》さんのところにとんでいった。

「ぼくも行《い》く。」

「おにぎり持《も》っていく？　わたし、桜《さくら》の下《した》で食《た》べたいなあ。夜桜見物《よざくらけんぶつ》だ。」

おにぎりの入《はい》ったショルダーバッグを、一路《いちろ》が持《も》った。お母《かあ》さんがまん中《なか》になって、ンッ！　と手《て》をのばしてきた。手《て》をつなごうの合図《あいず》だった。手《て》をつなぐのもひさしぶりのような気《き》がした。

三人《にん》で手《て》をつないで、幼稚園《ようちえん》のころのことなんかを話《はな》した。

「あれ、年中《ねんちゅう》さんのころだったかしら、とこやさんごっこ事件《じけん》。」

「アア、年中《ねんちゅう》さんのときだよ。」

エヘへ、と、まつりがわらった。

「ゲエ、思《おも》いだした。」

「一路《いちろ》がお客《きゃく》さんになって、まつりがパチパチとこやさんを

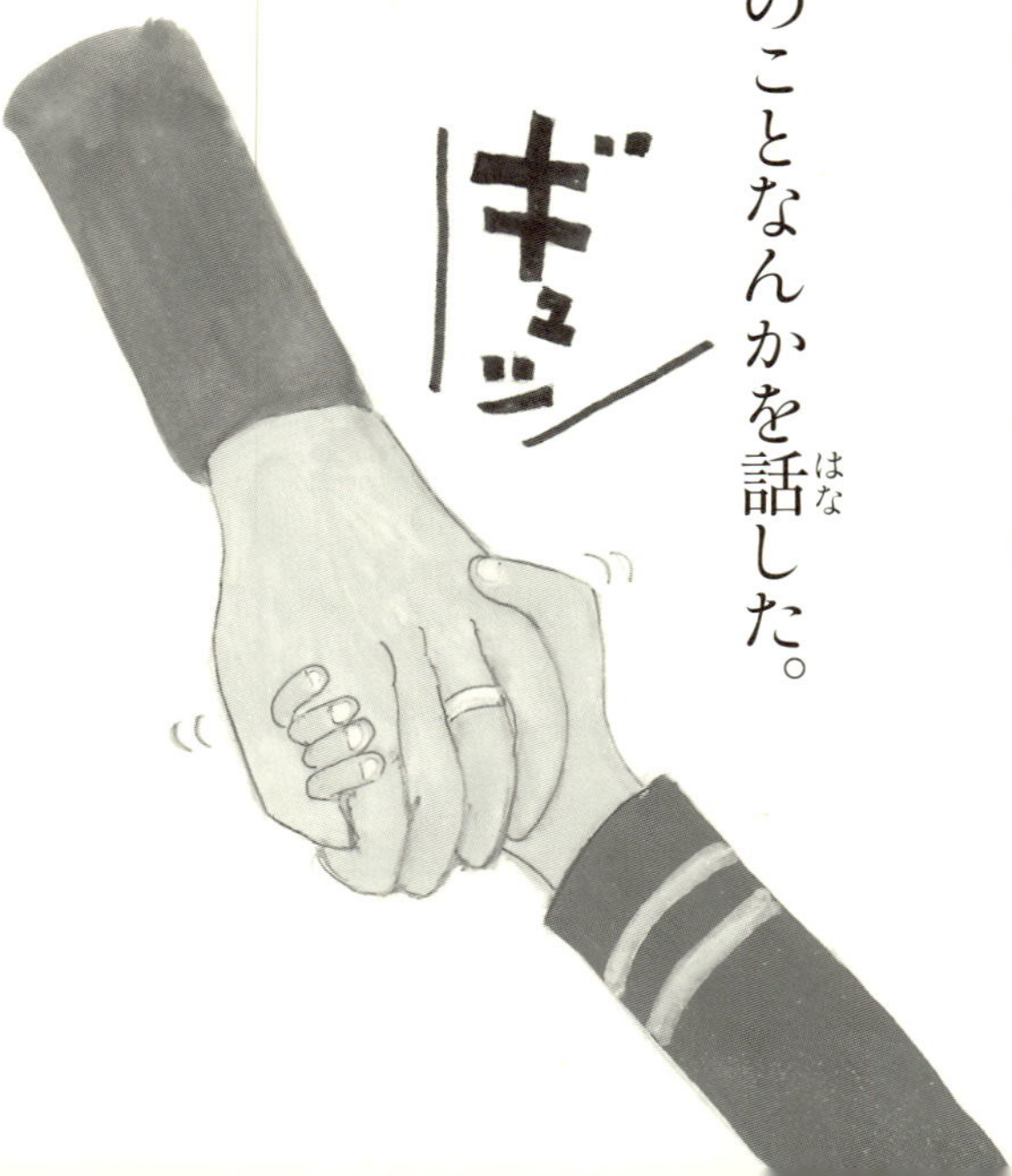

して、一路《いちろ》のかみの毛《け》がなくなっちゃったのよね。」

「そ。すごくじょうずだったんだから。エヘヘ。」

まつりはお母《かあ》さんとつないだ手《て》を、ぶるんぶるんとふった。

「『けがなくてよかった。』ってお父《とう》さんがいったのよね。オヤジギャグ。一路《いちろ》なんか、ぜんぜんわからなかったのよね。『けが』と『毛《け》が』。」

「そうだった、そうだった。お母《かあ》さんもわらっちゃって、まつりのこと、おこれなくなったんだった。」

「ぼくだけ、ひどいめにあったんだよ、まつりのせいで。」

お母《かあ》さんは、アハハハッとわらって、一路《いちろ》の手《て》もまつりの手《て》も、ふざけたようにぶるんぶるんとふった。

こんぴら山公園《やまこうえん》には、だれもいなかった。桜《さくら》は満開《まんかい》で、外《がい》灯《とう》が桜《さくら》をてらしていた。

三人《にん》はさっそく木《き》のテーブルに、からあげやポテトなどを広《ひろ》げて、おにぎりを食《た》べた。

「きれいね。」

と、お母《かあ》さんが桜《さくら》を見上《みあ》げた。

おにぎりを食《た》べおえて、テーブルの上《うえ》をかたづけるころには、まっ暗《くら》になって、そうとう寒《さむ》くもなってきた。桜《さくら》が夜空《よぞら》にあざやかにうかびあがっている。花《はな》びらがチラチラと舞《ま》って、テーブルの上《うえ》にもふってきた。

「あのね、もうふたりとも、今年《ことし》から三年生《ねんせい》でしょ。大《おお》きくなった。うん。」

お母《かあ》さんはそういうと、ふたりの手《て》をとってまた手《て》をつないだ。お母《かあ》さんの手《て》はしっとりとして、少《すこ》しひんやりとしていた。

「それでね、大切《たいせつ》な話《はなし》をしようと思《おも》うの。あのね……。お父《とう》さんが病気《びょうき》になっちゃったんだって。それで、病気《びょうき》をなおすために、入院《にゅういん》することになったの。しばらくお仕事《しごと》もお休《やす》み。」

「お父《とう》さん、病気《びょうき》なの？　今日《きょう》だって、元気《げんき》に出《で》かけたじゃない。会社《かいしゃ》に泊《と》まってもくるんでしょ。」

と、まつりがきいた。

一路《いちろ》は体《からだ》がキュ―ンとした。

「うん、今日《きょう》は泊《と》まり。病気《びょうき》なんだって。それでね、明日《あした》がお休《やす》み前《まえ》の最後《さいご》の日《ひ》なの。お父《とう》さんの電車《でんしゃ》にみんなで乗《の》りにいこうよ。応援《おうえん》に。」

「うん、行《い》く。」

「ぼくも行《い》く。」

「よし、みんなで行《い》こう！」

と、お母《かあ》さんがさっぱりした元気《げんき》な声《こえ》でいうと、にっこりわらってくれた。

五山線《ござんせん》は、ひばりの宮《みや》から五山《ござん》までの十四の駅《えき》、四五・六キロを、約《やく》一時間《じかん》十五分《ふん》かけて走《はし》っている。上《のぼ》りも下《くだ》りも同《おな》じレールを走《はし》る単線《たんせん》だ。ほとんどが三両編成《りょうへんせい》。一時間《じかん》に二本《ほん》ぐらいのかんかくで走《はし》る。

お父《とう》さんは、始発駅《しはつえき》のひばりの宮《みや》から乗車《じょうしゃ》する。十時《じ》十八分発《ふんはつ》、五山《ござん》行《ゆ》きだ。

三人《にん》は早《はや》めにひばりの宮駅《みやえき》についた。ホームのベンチで待《ま》つことにした。

「お母《かあ》さん、どんな顔《かお》してお父《とう》さんと会《あ》ったらいいの。

お父《とう》さんの顔見《かおみ》たら、
泣《な》いちゃいそうだよ。」
と、まつりがいった。
一路《いちろ》も、お父《とう》さんと会《あ》うのに
ドキドキしていた。
ひと晩会《ばんあ》っていないだけなのに、
お父《とう》さんはすっかり別人《べつじん》に
なってしまったような気分《きぶん》だった。
「ふつうの顔《かお》でいいのよ。
いつもどおり。病気《びょうき》のことなんて
わすれて、お父《とう》さんの運転《うんてん》を楽《たの》しみましょ。」

「ふつうの顔《かお》なんていったって、どんな顔《かお》？　一路《いちろ》もこまるでしょ。」

まつりが一路《いちろ》のほうを向《む》いて、こまった顔《かお》をした。

「うん、こんな顔《かお》は？」

一路《いちろ》は両方《りょうほう》の手《て》を使《つか》って、変顔《へんがお》をつくってみせた。

まつりに思《おも》いっきり頭《あたま》をなぐられた。

「イテェー。」

一路《いちろ》はおおげさに頭《あたま》をかかえた。するとまつりがクスッとわらってくれたので、一路《いちろ》もちょっとだけ

気持《きも》ちが楽《らく》になった。
「わかった。ふつうね。
わたしはかわいらしく。
一路《いちろ》はばかっぽく。変人《へんじん》ぽく。」
そんなことをいっていると、
下《くだ》りの電車《でんしゃ》が、ホームに入《はい》ってきた。
グレーの車体《しゃたい》に朝《あさ》の光《ひかり》が
あたって、銀色《ぎんいろ》に光《ひか》ってる。
オレンジ色《いろ》とウグイス色《いろ》の
まっすぐなラインが、
ボディーをひきしめている。

ドアがあいて人《ひと》がおりると、ホームは急《きゅう》ににぎやかになった。この電車《でんしゃ》が折《お》り返《かえ》し運転《うんてん》をする。お父《とう》さんの乗《の》る電車《でんしゃ》だった。

乗務員詰《じょうむいんつ》め所《しょ》のある部屋《へや》から、ホームにお父《とう》さんがやってくるのが見《み》えた。グレーの制服《せいふく》に、うすいブルーのたてじまのシャツ。制帽《せいぼう》。黒《くろ》い大《おお》きめの乗務用《じょうむよう》カバンを持《も》っている。きりっとネクタイをしめたお父《とう》さんは、家《いえ》でダジャレをいって、オナラばかりしているお父《とう》さんとは、まるでちがって見《み》えた。背《せ》すじをまっすぐのばし、胸《むね》をはって歩《ある》いてくる。

お父《とう》さんは、後《うし》ろの運転席《うんてんせき》で立《た》ち止《ど》まると、車掌《しゃしょう》さんに笑《え》顔《がお》であいさつをして、ひとことふたこと話《はなし》をした。最後《さいご》にお

父《とう》さんは軽《かる》く
手《て》をあげ敬礼《けいれい》した。
車掌《しゃしょう》さんも返《かえ》した。

一路《いちろ》たちは、先頭《せんとう》の運転室《うんてんしつ》の前《まえ》で待《ま》っていた。とちゅうでお父《とう》さんは気《き》がついたようだった。にこっとわらうと、制帽《せいぼう》のつばをクイッとあげ、まじめな顔《かお》をつくって歩《ある》いてくる。

「お父《とう》さん。」

「お父《とう》さん。」

ふたりはお父《とう》さんが近《ちか》づくとかけよった。一路《いちろ》も自然《しぜん》な感《かん》じでわらうことができたが、なんとなくはずかしかった。今《いま》までにも、お父《とう》さんの運転《うんてん》する電車《でんしゃ》には、なんべんも乗《の》っている。いつもワクワクして、とびはねたいような気持《きも》ちになったが、今日《きょう》も同《おな》じだった。

「なあんだ、みんな来《き》ていたのか。びっくりしちゃったよ。」

「そうでしょ。みんなで、びっくりさせようって、やってきたんだよ。春休《はるやす》みの最後《さいご》のイベントかな。」

と、お母《かあ》さんもはしゃいだ声《こえ》でいった。それがうつったのか、

「お父《とう》さん、クイズです。運転士《うんてんし》の基本《きほん》を三つどうぞ。」

と、まつりが問題《もんだい》をだした。

一路《いちろ》もお母《かあ》さんも、クスクスわらった。いつもお父《とう》さんがいっていることだったからだ。

「安全《あんぜん》・正確《せいかく》・快適《かいてき》です。」

「ピンポン、正解《せいかい》。」

みんながわらってなごやかになった。

一路《いちろ》もなにかお父《とう》さんに声《こえ》をかけたかった。まつりのように。でも、なにもひらめかない。それで、電車《でんしゃ》の正面《しょうめん》を見《み》て、指《ゆび》さしてみせた。

「列車番号《れっしゃばんごう》二一七七、行《ゆ》き先《さき》、ライト、よし!」

お父《とう》さんが、オッ! という表情《ひょうじょう》をして、一路《いちろ》に近《ちか》づいた。同《おな》じように指《ゆび》さし確認《かくにん》をする。ふたりは一瞬《いっしゅん》だけならんで、電車《でんしゃ》の顔《かお》をながめた。そしてお父《とう》さんは一路《いちろ》の頭《あたま》に手《て》をおいて、ガクガクゆすった。一路《いちろ》はジーンとして、胸《むね》がいっぱいになった。

「ふたりとも、お父《とう》さんの仕事《しごと》のじゃまにならないように。お父《とう》さん、がんばって。」

と、お母《かあ》さんがいった。
「はい、がんばります。」
お父《とう》さんは一路《いちろ》たちに軽《かる》く
敬礼《けいれい》をすると、電車《でんしゃ》に乗《の》りこんだ。
三人《にん》とも運転席《うんてんせき》のすぐ後《うし》ろに
ある窓《まど》のところに立《た》った。
お父《とう》さんの背中《せなか》が見《み》える。
お父《とう》さんはカバンをおくと、
席《せき》の高《たか》さを調整《ちょうせい》して座《すわ》った。そのあと、懐中時計《かいちゅうどけい》を正面《しょうめん》の設《せっ》
置場所《ちばしょ》においた。いろいろな計器《けいき》を指《ゆび》さして点検《てんけん》する。まっ
白《しろ》な手《て》ぶくろがすがすがしかった。

車内《しゃない》がだんだんこみはじめてきた。座席《ざせき》はほとんどうまり、立《た》っている人《ひと》もいる。

まもなく、一番線《ばんせん》より五山行《ござんゆ》きが発車《はっしゃ》します、と駅《えき》のアナウンスがあった。

三人《にん》でお父《とう》さんの背中《せなか》を見《み》つめた。運転席《うんてんせき》に座《すわ》ってからは、三人《にん》のことなどわすれてしまったかのように、一度《ど》もふりむかなかった。

でも一路《いちろ》は知《し》っている。前《まえ》にお父《とう》さんの電車《でんしゃ》に乗《の》ったとき、こんな話《はなし》をしてくれたからだ。

『お父《とう》さんはひとりで仕事《しごと》にいって、ひとりぼっちで電車《でんしゃ》を運転《うんてん》していると思《おも》っているだろ。でもちがうんだよ。お父《とう》さ

んは世界《せかい》で、一路《いちろ》とまつりと
お母《かあ》さんがいちばん大事《だいじ》なんだよ。
その三人《にん》がいつも、お父《とう》さんの
電車《でんしゃ》に乗《の》っていると思《おも》って
運転《うんてん》しているんだ。大切《たいせつ》な
三人《にん》が乗《の》っていると思《おも》えば、
安全運転《あんぜんうんてん》をしようと思《おも》うだろ。みんなと
乗《の》っていれば楽《たの》しいしね。それに、お父《とう》さんはなん十人《じゅうにん》、なん百人《びゃくにん》ものお客《きゃく》さまの命《いのち》をあずかっているからね。』

一路《いちろ》は、後《うし》ろをふりむかないお父《とう》さんが、ちゃんと三人《にん》のことを感《かん》じているにちがいないと思《おも》った。

ホームに短《みじか》いチャイムが流《なが》れると、サーッとドアがしまった。一路《いちろ》たちはお父《とう》さんに注目《ちゅうもく》した。お父《とう》さんは左手《ひだりて》でマスコンハンドルをにぎっているはずだ。けれど左手《ひだりて》は、体《からだ》にかくれて見《み》えなかった。

一路《いちろ》は懐中時計《かいちゅうどけい》のすぐ下《した》にある、戸閉《とじ》め表示灯《ひょうじとう》が、パッとやまぶき色《いろ》に点灯《てんとう》するのを見《み》た。車両《しゃりょう》のドアがしまったことを伝《つた》えるランプだ。すぐに後部車両《こうぶしゃりょう》にいる車掌《しゃしょう》さんから安全《あんぜん》確認《かくにん》のブザー連絡《れんらく》がある。短《みじか》いブザーの音《おと》も一路《いちろ》は聞《き》いた。

お父《とう》さんは戸閉《とじ》め表示灯《ひょうじとう》を指《ゆび》さした。

「戸閉《とじ》めよし！」

お父《とう》さんの声《こえ》が一路《いちろ》にもしっかりと聞《き》こえた。お父《とう》さんは

前方《ぜんぽう》にある出発信号機《しゅっぱつしんごうき》を見《み》た。信号《しんごう》は青《あお》。まっ白《しろ》な手《て》ぶくろをした右手《みぎて》の人《ひと》さし指《ゆび》が、青信号《あおしんごう》を指《ゆび》さした。

「出発進行《しゅっぱつしんこう》！」

スーッとなめらかに電車《でんしゃ》は動《うご》きだした。だんだんとスピードはあがっていく。二本《ほん》のレールがまっすぐのび、建物《たてもの》やまわりの風景《ふうけい》がビューンと後《うし》ろにとんでいく。速度計《そくどけい》はだんだんとあがって、八十五キロでぴたりととまった。

青信号《あおしんごう》が遠《とお》くに現《あらわ》れるたびに、お父《とう》さんは信号《しんごう》を指《ゆび》さした。右手《みぎて》を一度耳《どみみ》の近《ちか》くまでひきよせて、それから人《ひと》さし指《ゆび》をまっすぐにのばして、青信号《あおしんごう》をさす。

「信号《しんごう》よし！」

一路《いちろ》も思《おも》わずまねをしてしまった。

五山

一路《いちろ》は幼稚園《ようちえん》のころから電車《でんしゃ》が大《だい》すきだった。お父《とう》さんが運転士《うんてんし》だったからかもしれない。列車《れっしゃ》の名前《なまえ》もすぐにおぼえてしまった。走《はし》っている電車《でんしゃ》を見《み》るのもすきだし、駅《えき》に行《い》くのもすきだった。でもやはり、電車《でんしゃ》に乗《の》るのがいちばんすきだった。運転席《うんてんせき》の見《み》えるいちばん前《まえ》の車両《しゃりょう》でガラスに顔《かお》をくっつけて見《み》ていたものだ。いろいろな運転士《うんてんし》を見《み》てきたけれど、一路《いちろ》はお父《とう》さんがいちばんかっこいいと思《おも》う。

青信号《あおしんごう》の指《ゆび》さし確認《かくにん》ひとつとってみても、お父《とう》さんの指《ゆび》さしは、耳《みみ》のあたりまでひきつけて、それからさすのだ。

一路《いちろ》も、お父《とう》さんにならって、

「信号《しんごう》よし！」

と小《ちい》さな声《こえ》でいってみたが、やっぱりお父《とう》さんのようにはいかないと思《おも》った。

「お父《とう》さんてさ、どうして運転士《うんてんし》になったのかなあ。」

と、まつりがお母《かあ》さんにきいた。どうしてなのか、一路《いちろ》も知《し》らなかった。

「昔《むかし》、お父《とう》さんにきいたことがあるな。お父《とう》さんが生《う》まれたところって、山形《やまがた》の山奥《やまおく》の村《むら》でしょ。夏休《なつやす》みに行《い》くところ。あそこには、電車《でんしゃ》が走《はし》ってないでしょ。はじめて電車《でんしゃ》に乗《の》ったのが、なんと小学校《しょうがっこう》の三年生《ねんせい》のときなんだって。」

「今《いま》のぼくたちじゃん。」

「それまで一度《ど》も乗《の》ったことがなかったの？　ヒサン。考《かんが》えられない。」

「そ。見《み》たこともなかったんですって。」

「そうとうわらえる。」
ほんとうにまつりはクスクスわらいだした。
「はじめて本物《ほんもの》の電車《でんしゃ》を見《み》たとき、
びっくりしたんだって。大《おお》きくて、
長《なが》くて。ほんとわらえるわね。
それで、電車《でんしゃ》の運転士《うんてんし》さんに
なりたくなったってわけ。」
「じゃ、お父《とう》さんの夢《ゆめ》が
かなったってこと。
いいなあ。まつりなんて、
まだ夢《ゆめ》なんかないもんね。」

大野駅《おおのえき》が見《み》えてきた。だんだんスピードがおちてきた。お父《とう》さんがマスコンハンドルでブレーキをかけているのだ。いつとまったのかと思《おも》わせる停車《ていしゃ》だった。ガクッとしたゆれが一度《ど》もなかった。手《て》ばなしで立《た》っていても、少《すこ》しもバランスがくずれない。それでいて、お父《とう》さんは、停止位置《ていしいち》の標識《ひょうしき》に、数《すう》センチのくるいもなくとめているはずだった。ブレーキの操作《そうさ》が、運転士《うんてんし》の腕《うで》の見《み》せどころだとお父《とう》さんはいっていた。

戸閉《とじ》め表示灯《ひょうじとう》が消《き》え、ドアが開《あ》いた。車内《しゃない》はザワザワして乗《の》り降《お》りがはじまった。そこでもお父《とう》さんは、戸閉《とじ》め表示灯《ひょうじとう》やそのほかの計器《けいき》や、次《つぎ》にとまる駅名《えきめい》やダイヤの書《か》かれた仕《し》業表《ぎょうひょう》などを指《ゆび》をさして確認《かくにん》した。停車時間《ていしゃじかん》はわずか二十秒《びょう》ぐらいなものだった。

大野《おおの》から百石《ももいし》、次《つぎ》のかじか沢駅《さわえき》にかかるところでだった。

パホーンと警笛《けいてき》が鳴《な》った。お父《とう》さんが右足《みぎあし》の近《ちか》くにある笛《てき》弁《べん》ペダルをふんだのだ。

遠《とお》くの左側《ひだりがわ》の斜面《しゃめん》に、数人《すうにん》の人影《ひとかげ》らしきものが一路《いちろ》にも見《み》えてきた。

だんだん近《ちか》づいてくる。人《ひと》だ。

工事《こうじ》をしている人《ひと》たちだ。

手前《てまえ》にいた人《ひと》が見《み》はり役《やく》の人《ひと》なのだろう。電車《でんしゃ》に向《む》かって立《た》ち、黄色《きいろ》い旗《はた》を左手《ひだりて》に持《も》ち、線路側《せんろがわ》にななめにかかげている。安全《あんぜん》だという合図《あいず》なのだろう。ヘルメットをかぶり仕事《しごと》をしている人《ひと》たちもみんな、電《でん》

車《しゃ》に向《む》かって、左手《ひだりて》をななめにあげて合図《あいず》をおくっていた。

お父《とう》さんはその人《ひと》たちに、右手《みぎて》で軽《かる》く敬礼《けいれい》をした。そのやりとりはほんとうに数秒《すうびょう》ほどの時間《じかん》だったが、一路《いちろ》はジワッと体《からだ》が熱《あつ》くなった。お父《とう》さんも、作業《さぎょう》をしている人《ひと》たちも、おたがいの仕事《しごと》をみとめあって、事故《じこ》がおきないように細心《さいしん》の注意《ちゅうい》をはらっていることがわかったからだ。

一路《いちろ》は電車《でんしゃ》に乗《の》っている人《ひと》たちに、『みなさん見《み》てください、運転《うんてん》しているのはぼくのお父《とう》さんなんです。』とおしえて、みんなにお父《とう》さんを見《み》てもらいたかった。

お父《とう》さんは、そんなことは当然《とうぜん》とばかりに、たんたんと電《でん》車《しゃ》を走《はし》らせている。

かじか沢《さわ》の次《つぎ》の晴駅《はれえき》では、上《のぼ》り列車《れっしゃ》と下《くだ》り列車《れっしゃ》の交換《こうかん》が行《おこな》われる。一路《いちろ》たちの乗《の》った電車《でんしゃ》が先《さき》に晴駅《はれえき》に到着《とうちゃく》して、下《くだ》りの電車《でんしゃ》が来《く》るのを待《ま》った。

下《くだ》り電車《でんしゃ》が反対側《はんたいがわ》のホームに入《はい》ってきた。そのときもお父《とう》さんは、下《くだ》り電車《でんしゃ》の運転士《うんてんし》と車掌《しゃしょう》さんに軽《かる》く敬礼《けいれい》をした。一《いち》路《ろ》は、またまたゾクゾクッとした。

電車《でんしゃ》はすれちがい、また出発《しゅっぱつ》した。

お父《とう》さんが運転《うんてん》する電車《でんしゃ》の旅《たび》も、そろそろ終《お》わりにさしかかっていた。

花堂《はなんどう》は、終点《しゅうてん》の五山《ござん》のひとつ手前《てまえ》の小《ちい》さな駅《えき》だ。乗《の》り降《お》りのお客《きゃく》さんも、とても少《すく》ない。駅員《えきいん》のいない無人駅《むじんえき》だった。

駅舎《えきしゃ》のほうに一本《ぽん》、線路《せんろ》の反対側《はんたいがわ》に二本《ほん》、大《おお》きな桜《さくら》の木《き》がある。三本《ぼん》の桜《さくら》は、ピンク色《いろ》がこく、沿線《えんせん》では紅《べに》ぞめ桜《ざくら》といわれていて、ちょっと有名《ゆうめい》だった。

花堂駅《はなんどうえき》に入《はい》ると、紅《べに》ぞめ桜《ざくら》の花《はな》びらが、いっせいにふりそそいだ。花《はな》ふぶきとは、このことだろう。あまりのみごとさに、ほとんどの人《ひと》が窓《まど》から外《そと》をのぞいていた。次《つぎ》から次《つぎ》と、滝《たき》の下《した》に立《た》って、しぶきをあびているように、花《はな》びらがふってきた。

三人《にん》も、外《そと》の景色《けしき》に見《み》とれてしまった。

「きれい。花《はな》びらが多《おお》すぎて、息《いき》がつまりそう。」

と、まつりは口《くち》をぽかんとあけて見《み》ていた。

お父《とう》さんの前《まえ》のフロントガラスにも、視界《しかい》をさえぎるように、紅《べに》ぞめ桜《ざくら》の花《はな》びらが舞《ま》っていた。

「紅《べに》ぞめ桜《ざくら》をまた来年《らいねん》も四人《にん》で見《み》たいわねえ。」

と、お母《かあ》さんが一路《いちろ》とまつりに話《はな》しかけた。
「うん、来年《らいねん》も来《こ》よう、来《こ》よう。」
「うん、来年《らいねん》もお父《とう》さんの電車《でんしゃ》に乗《の》って、みんなで見《み》よう。」
「そうよね。そうしようね。」

花堂駅《はなんどうえき》を出発《しゅっぱつ》する。いよいよ終点《しゅうてん》の五山《ござん》だった。一時間以《じかんい》上《じょう》も乗《の》っているのに、一路《いちろ》はちっとも時間《じかん》を感《かん》じなかった。まだ乗《の》ったばかりのような気《き》がする。しばらくは、お父《とう》さんの運転《うんてん》する電車《でんしゃ》には乗《の》れないのだ。レールが長《なが》く長《なが》くのびて、もっともっとお父《とう》さんの電車《でんしゃ》に乗《の》っていられたらいいのにと思《おも》った。

五山駅《ござんえき》に電車《でんしゃ》は定刻《ていこく》どおり停車《ていしゃ》した。ドアが開《ひら》き、ぞろぞろと乗客《じょうきゃく》はおりていく。終点《しゅうてん》だ。

お父《とう》さんは最後《さいご》の指《ゆび》さし確認《かくにん》をした。懐中時計《かいちゅうどけい》と、ダイヤの書《か》かれた仕業表《しぎょうひょう》を取《と》りだして、黒《くろ》い業務《ぎょうむ》カバンを持《も》った。お父《とう》さんが運転台《うんてんだい》にある乗務用《じょうむよう》の小《ち》さなドアをあけて、電《でん》車《しゃ》からおりた。すでに次《つぎ》の乗務員《じょうむいん》が待《ま》っていた。お父《とう》さんとなにかを話《はな》している。お父《とう》さんは運転《うんてん》を無事《ぶじ》にやりおえた、おだやかな顔《かお》だ。そして笑顔《えがお》だ。

一路《いちろ》たち三人《にん》は、じゃまにならないように、ちょっとはなれたところでお父《とう》さんを待《ま》つことにした。お父《とう》さんは、引《ひ》きつぎが終《お》わると、次《つぎ》に乗《の》る運転士《うんてんし》と軽《かる》い敬礼《けいれい》をかわした。一路《いちろ》はあんな敬礼《けいれい》ができるようになればいいと思《おも》っている。実《じつ》はこっそり、鏡《かがみ》の前《まえ》で練習《れんしゅう》したこともあった。

お父《とう》さんは、電車《でんしゃ》の正面《しょうめん》が見《み》えるところに数歩移動《すうほいどう》した。ひばりの宮《みや》で乗《の》りこむ前《まえ》にしたように、指《ゆび》さし確認《かくにん》をした。それからなにげなく、電車《でんしゃ》にタッチした。一路《いちろ》やまつりの体《からだ》にさわるときと同《おな》じような、やさしいしぐさだった。一路《いちろ》は、お父《とう》さんが電車《でんしゃ》に、ごくろうさんと声《こえ》をかけたような気《き》がした。

お父《とう》さんが
一路《いちろ》たちのところに
近《ちか》づいてきた。
「おつかれさま。」
と、お母《かあ》さんが
声《こえ》をかけた。
「うん。」
お父《とう》さんがにっこりして、
あいさつするように制帽《せいぼう》のつばをクイッとあげた。
そして、一路《いちろ》の頭《あたま》に手《て》をおくと、グリグリッとゆすった。
一路《いちろ》はなんだか安心《あんしん》した。いつもどおりのお父《とう》さんだった。

お父《とう》さんは、一路《いちろ》たちが電車《でんしゃ》に乗《の》った次《つぎ》の日《ひ》に大《おお》きな病院《びょういん》に入院《にゅういん》した。六月《がつ》のはじめに手術《しゅじゅつ》をしたが、八月十日《がつとおか》に死《し》んでしまった。お父《とう》さんの電車《でんしゃ》に乗《の》ってから、わずか四か月《げつ》あまりのことだった。

「もう一回《かい》、お父《とう》さんの電車《でんしゃ》に乗《の》りたかったよう。」

と、まつりはお父《とう》さんのひつぎの前《まえ》で泣《な》いた。

お母《かあ》さんも声《こえ》をあげて、小《ちい》さな子《こ》どものように泣《な》いていた。

一路《いちろ》もお父《とう》さんが死《し》んだなんて信《しん》じられなかった。あまりにあっけなさすぎる。死《し》んだことが納得《なっとく》できないので、悲《かな》しいという感《かん》じが少《すこ》しもわいてこなかった。

だれとも会《あ》いたくなくなった。一路《いちろ》は、お父《とう》さんとふたりだけになりたかった。今《いま》はもう死《し》んで、目《め》もあけなければ、口《くち》をきくこともできないお父《とう》さんでも、近《ちか》くにいて、お父《とう》さんとのいろいろなことを思《おも》いだしたかった。

一路《いちろ》はみんなからはなれて、ひとりになれるところをさがした。でも、そんな場所《ばしょ》はなかなかなかった。

一路《いちろ》は、だれかから話《はな》しかけられても、だまって心《こころ》の中《なか》で、お父《とう》さんといっしょに電車《でんしゃ》を運転《うんてん》していた。

『出発進行《しゅっぱつしんこう》！』

正面《しょうめん》の青信号《あおしんごう》に向《む》かって、指《ゆび》さし確認《かくにん》する。するとなんとなく、となりにお父《とう》さんを感《かん》じることができた。一路《いちろ》は出発《しゅっぱつ》

進行《しんこう》をくりかえして、指《ゆび》さし確認《かくにん》を続《つづ》けた。
それが、一路《いちろ》のお父《とう》さんとの別《わか》れだった。

おしいれの中《なか》には、青《あお》い光《ひかり》があふれていた。手作《てづく》りのマスコンハンドルでブレーキをかけ、一路《いちろ》は運転《うんてん》していた電車《でんしゃ》を停止《ていし》させた。お父《とう》さんが死《し》んで、もう二か月《げつ》がたった。まつりは、すっかり元気《げんき》をとりもどしたように見《み》えるし、お母《かあ》さんは働《はたら》きにでるようになった。

一路《いちろ》はいまだに、お父《とう》さんがひょっこり帰《かえ》ってくるのではないかと思《おも》えてしまう。家《いえ》のチャイムが鳴《な》ると、なんとなくドキッとした。

一路《いちろ》は、おしいれの青《あお》い光《ひかり》の中《なか》で、あおむけになった。クッションがちょうどよく体《からだ》をささえてくれる。近《ちか》くにあった写真集《しゃしんしゅう》『鉄道《てつどう》の四季《しき》』を手《て》にとって開《ひら》いた。

山《やま》あいに緑《みどり》の棚田《たなだ》が広《ひろ》がっていて、一両編成《りょうへんせい》の列車《れっしゃ》が山《やま》すそに小《ちい》さく見《み》える。いろいろな形《かたち》の棚田《たなだ》が、ふしぎなもようをつくっている。民家《みんか》も数《すう》けん見《み》える。小《こ》ぢんまりとした集《しゅう》落《らく》があるようだ。次《つぎ》のページには、大《おお》きな川《かわ》だ。そして、切《き》りたった緑《みどり》の山《やま》。川《かわ》ぞいを白《しろ》い二両編成《りょうへんせい》の列車《れっしゃ》が走《はし》っている。列車《れっしゃ》は遠《とお》くに小《ちい》さい。それで山《やま》も川《かわ》も雄大《ゆうだい》な感《かん》じだ。

またちがうページをあければ、今度《こんど》は海《かわ》ぞいぎりぎりを走《はし》る列車《れっしゃ》。海《うみ》はそうとう荒《あ》れている。白波《しらなみ》がうずまいて、列車《れっしゃ》はライトをつけている。波《なみ》をかぶりそうな列車《れっしゃ》だ。

どのページを開《ひら》いても見《み》あきない。いつかこんな列車《れっしゃ》に乗《の》ってみたいなと思《おも》う。

そこに写《うつ》っている列車《れっしゃ》を見《み》ていると、青《あお》いセロハンの光《ひかり》のせいなのか、それとも乗《の》ってみたいと願《ねが》うからなのか、一路《いちろ》は写真《しゃしん》の中《なか》の列車《れっしゃ》に乗《の》っていることがある。一路《いちろ》は運転台《うんてんだい》にいて、制服《せいふく》・制帽《せいぼう》すがたなのだ。ふしぎにはっきりと風景《ふうけい》が見《み》えてくる。

「信号《しんごう》よし！」

一路《いちろ》は遠《とお》くに見《み》えてきた青信号《あおしんごう》に指《ゆび》さし確認《かくにん》した。山《やま》あいの鉄橋《てっきょう》だ。ガタタン、ガタタン。ひときわ列車《れっしゃ》のひびきが大《おお》きくなり心地《ここち》よい。速度計《そくどけい》は、八十キロ。前方《ぜんぽう》にトンネルが見《み》えてきた。一路《いちろ》はトンネルの前《まえ》で笛弁《てきべん》ペダルをふみ、警笛《けいてき》を鳴《な》らした。

トンネルをぬけると、そこは海《うみ》。夕日《ゆうひ》がしずむところで、海《うみ》の中《なか》をキラキラした光《ひかり》が、道《みち》のように水平線《すいへいせん》に向《む》かっている。列車《れっしゃ》の運行《うんこう》は快調《かいちょう》だ。

一路《いちろ》はふと、運転台《うんてんだい》のわきに人《ひと》の気配《けはい》を感《かん》じて、横《よこ》を向《む》いた。すると、そこに立《た》っていたのはお父《とう》さんだった。やはり制服《せいふく》・制帽《せいぼう》。白《しろ》い手《て》ぶくろをしている。お父《とう》さんはまっすぐ前《まえ》を向《む》いている。青信号《あおしんごう》だ。

「信号《しんごう》よし!」

と、一路《いちろ》は指《ゆび》さし確認《かくにん》をした。横《よこ》を見《み》るとお父《とう》さんも同《おな》じように指《ゆび》をさしていた。

一路《いちろ》は写真集《しゃしんしゅう》の中《なか》のあちこちの路線《ろせん》を運転《うんてん》してまわった。

ときどきはお父《とう》さんもいっしょだった。

ドンドンドンとふすまがたたかれた。

一路《いちろ》の想像《そうぞう》の旅《たび》は、いっぺんに青《あお》い光《ひかり》のそそぐおしいれに引《ひ》きもどされた。

「一路《いちろ》、あけてよ。わたし、知《し》ってるんだからね。おしいれの中《なか》で、電車《でんしゃ》ごっこしてるんでしょ。わたしも入《い》れて。」

一路《いちろ》は中《なか》からふすまをあけられないようにおさえた。

「ダメ！」

「あけて。わたしも乗《の》りたい。乗《の》せて。」

まつりは、ふすまを力《ちから》まかせにあけようとして、ガタガタさせた。

「変人《へんじん》。ヘンタイ。ネクラ。お父《とう》さんの電車《でんしゃ》なんでしょ。わたしも乗《の》せて。一路《いちろ》だけなんて、ずるい！」

ふすまがまた、ドンドンとたたかれた。

一路《いちろ》は、お父《とう》さんの電車《でんしゃ》といわれて、急《きゅう》に力《ちから》がぬけてしまった。お父《とう》さんの電車《でんしゃ》なんて、考《かんが》えたこともなかった。自分《じぶん》がひとりになるところがほしかっただけだ。お父《とう》さんの電車《でんしゃ》か……。まつりがそんなに入《はい》りたいというなら、一度《ど》くらいは入《い》れてやってもいいという気持《きも》ちになった。

そろそろと一路《いちろ》はふすまをあけた。まつりが仁王《におう》のように立《た》っていた。

「ひょっとして、入《い》れてくれるの？」

まつりがおしいれにのぼってきた。ふすまをしめる。

「ワオーッ！」

青《あお》い光《ひかり》にビビったようだった。フーン、という顔《かお》で、まわりをながめて、写真集《しゃしんしゅう》をピラピラめくった。

「一路《いちろ》、あんただいじょうぶ。これ、もう、完全《かんぜん》なヘンタイだよ。」

一路《いちろ》は、入《い》れてやったことを後悔《こうかい》した。

「ヘンタイなんかじゃないよ。いつかまつりを、ぼくが運転《うんてん》
する電車《でんしゃ》に乗《の》せてやるよ。ぼく、運転士《うんてんし》になる。」

「お父《とう》さんみたいな。」

「うん。」

「お父《とう》さんも三年生《ねんせい》のときに運転士《うんてんし》の夢《ゆめ》をもったっていうから、一路《いちろ》もちょうどいいんじゃない？」

「そうかな。」

「そうだよ。ぜったい乗《の》せてね。お母《かあ》さんも。」

「うん。」

「でも一路《いちろ》、こんなおしいれにこもっちゃって、やっぱり変《へん》人《じん》だよ。ふたごでも、にてなくてよかったよ。」

そういったけど、まつりはクッションによりかかって、熱《ねっ》心《しん》に写真集《しゃしんしゅう》をめくりはじめた。

そのまつりを写真《しゃしん》の中《なか》の列車《れっしゃ》に乗《の》せるように、つくったマスコンハンドルを一路《いちろ》はにぎった。

そして心《こころ》の中《なか》で、『出発進行《しゅっぱつしんこう》！』といった。

電車《でんしゃ》の運転士《うんてんし》のまめちしき

電車《でんしゃ》の運転士《うんてんし》のお仕事《しごと》にちょっぴりくわしくなる

オマケのおはなし

電車《でんしゃ》の運転士《うんてんし》って、どんなお仕事《しごと》？

日本《にっぽん》には、全国《ぜんこく》に、網《あみ》の目《め》のように鉄道《てつどう》が走《はし》っています。日本《にっぽん》の鉄道《てつどう》は、安全《あんぜん》で、時間《じかん》に正確《せいかく》なことで評価《ひょうか》が高《たか》く、世界一《せかいいち》と言《い》ってもいいかもしれません。

その安全《あんぜん》・正確《せいかく》な運行《うんこう》をささえているのが、電車《でんしゃ》の運転士《うんてんし》です。運転《うんてん》の技術《ぎじゅつ》の中《なか》で、特《とく》にむずかしいとされるのは、ブレーキ。車両《しゃりょう》の数《かず》、乗客《じょうきゃく》が多《おお》いか少《すく》ないか、天気《てんき》などによって、かけ方《かた》がかわってくるそうですよ。

運転士《うんてんし》の仕事《しごと》は、時間《じかん》が不規則《ふきそく》です。運転《うんてん》する電車《でんしゃ》は毎日《まいにち》ちがうので、出勤《しゅっきん》する時刻《じこく》もその日《ひ》によってちがいます。始発列車《しはつれっしゃ》に乗《の》る場合《ばあい》は、出勤《しゅっきん》するのは深夜《しんや》になります。また、「泊《と》まり勤務《きんむ》」といって、夕《ゆう》方《がた》から夜《よる》の電車《でんしゃ》を運転《うんてん》したあと、家《いえ》に帰《かえ》らずに仮眠室《かみんしつ》などに宿泊《しゅくはく》して、朝《あさ》の電車《でんしゃ》を運転《うんてん》する場合《ばあい》もあります。

運転士《うんてんし》ははなやかでカッコいいですが、とてもたいへんで、責任《せきにん》の重《おも》い仕事《しごと》でもあります。「なん十人《じゅうにん》、なん百人《びゃくにん》ものお客《きゃく》さまの命《いのち》をあずかっているからね。」と、一路《いちろ》とまつりのお父《とう》さんも言《い》っていましたね。

どんな人《ひと》が電車《でんしゃ》の運転士《うんてんし》にむいている？

電車《でんしゃ》の運転士《うんてんし》にむいているのは、こんなタイプの人《ひと》です。

①体調管理《たいちょうかんり》がしっかりできる人《ひと》

安全運転《あんぜんうんてん》をするためには、運転士《うんてんし》が健康《けんこう》でなければいけませんね。運転士《うんてんし》の仕事《しごと》は、寝《ね》る時間《じかん》や起《お》きる時間《じかん》が不規則《ふきそく》なので、体調《たいちょう》をくずしやすくなります。いつも、自分《じぶん》の体調《たいちょう》に気《き》をつけることが必要《ひつよう》です。

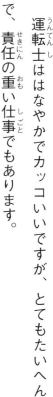

②慎重《しんちょう》な人《ひと》

電車《でんしゃ》の運転《うんてん》は、シミュレーションゲームとはちがいます。ちょっとしたミスが、命《いのち》にかかわる大《おお》きな事故《じこ》につながります。実際《じっさい》の運転士《うんてんし》は「戸閉《とじ》めよし!」「信号《しんごう》よし!」と、ひとつひとつ指《ゆび》さして声《こえ》を出《だ》すことで、まちがいがないようにしています。

③冷静《れいせい》な人《ひと》

慎重《しんちょう》に運転《うんてん》していても、突然《とつぜん》機器《きき》が故障《こしょう》したり、大《おお》きな地震《じしん》がおきたり、何《なに》がおこるかはわかりません。そんなときにも、お客《きゃく》さんの安全《あんぜん》を守《まも》るためには、運転士《うんてんし》はあわてず冷静《れいせい》でいなければなりません。

④時間《じかん》に正確《せいかく》な人《ひと》

運転士《うんてんし》の出勤《しゅっきん》時間《じかん》は、毎日《まいにち》変《か》わり、分単位《ふんたんい》で決《き》められています。そして電車《でんしゃ》に乗《の》ったら、秒単位《びょうたんい》のスケジュールに合《あ》わせて運転《うんてん》しなければなりません。「学校《がっこう》にいつも遅刻《ちこく》している。」という人《ひと》は、ざんねんながら、運転士《うんてんし》にはむいていないかも!

電車《でんしゃ》の運転士《うんてんし》になるには?

運転士《うんてんし》になりたいならば、まずは、全国《ぜんこく》の鉄道会社《てつどうがいしゃ》への就職《しゅうしょく》をめざすことになります。鉄道会社《てつどうがいしゃ》に入《はい》るには、鉄道《てつどう》のことをたくさん知《し》っている「鉄道博士《てつどうはかせ》」……でなくてもだいじょうぶです。まずは、学校《がっこう》の勉強《べんきょう》を、しっかりやっておきましょう。

そして、鉄道会社《てつどうがいしゃ》に入《はい》っても、すぐに運転士《うんてんし》になれるわけではありません。ふつう、駅員《えきいん》や車掌《しゃしょう》の仕事《しごと》を何年《なんねん》か経験《けいけん》してから、試験《しけん》を受《う》けて、「動力車操縦者運転免許《どうりょくしゃそうじゅうしゃうんてんめんきょ》」という免許《めんきょ》をとった人《ひと》が、いよいよ電車《でんしゃ》の運転士《うんてんし》になれるのです。

電車《でんしゃ》の運転士《うんてんし》は「男《おとこ》の人《ひと》の仕事《しごと》」というイメージがあるかもしれませんが、もちろん女《おんな》の人《ひと》も運転士《うんてんし》になれます。最近《さいきん》では、女性運転士《じょせいうんてんし》もめずらしくなくなりました。

最上一平｜もがみいっぺい

1957年、山形県生まれ。『銀のうさぎ』（新日本出版社）で日本児童文学者協会新人賞、『ぬくい山のきつね』（新日本出版社）で日本児童文学者協会賞、新美南吉児童文学賞、『じぶんの木』（岩崎書店）でひろすけ童話賞を受賞。その他の作品に、『ゆっくり大きくなればいい』（ポプラ社）、『すすめ！　近藤くん』（WAVE出版）など多数。

クボ桂汰｜くぼけいた

1960年、東京都生まれ。日本大学文理学部心理学科卒業。2005年よりイラストレーターとしての活動を開始し、書籍装画、雑誌イラスト等で活躍。ザ・チョイス年度賞入賞、TIS公募展大賞など受賞多数。児童書の仕事に、『７分間でゾッとする７つの話』（作／山口タオ、講談社）がある。

装丁／大岡喜直（next door design）
本文 DTP ／脇田明日香

おしごとのおはなし　電車《でんしゃ》の運転士《うんてんし》

おしいれ電車《でんしゃ》

2016年1月25日　第1刷発行

作　最上一平《もがみいっぺい》
絵　クボ桂汰《けいた》
発行者　清水保雅
発行所　株式会社講談社
〒112-8001 東京都文京区音羽 2-12-21
電話　編集 03-5395-3535　販売 03-5395-3625　業務 03-5395-3615
印刷所　豊国印刷株式会社
製本所　黒柳製本株式会社

N.D.C.913 79p 22cm ©Ippei Mogami / Keita Kubo 2016 Printed in Japan ISBN978-4-06-219876-9